智勇羣英
中國歷史故事

程紹南　朱鼎元等

商務印書館

本書據商務印書館「小學生文庫」《中國故事》第五至十冊改編，文字內容有刪節修訂。

智勇羣英 —— 中國歷史故事

作　　者：程紹南　朱鼎元　等

責任編輯：洪子平

出　　版：商務印書館 (香港) 有限公司
　　　　　香港筲箕灣耀興道 3 號東滙廣場 8 樓
　　　　　http://www.commercialpress.com.hk

發　　行：香港聯合書刊物流有限公司
　　　　　香港新界大埔汀麗路 36 號中華商務印刷大廈 3 字樓

印　　刷：美雅印刷製本有限公司
　　　　　九龍觀塘榮業街 6 號海濱工業大廈 4 樓 A

版　　次：2016 年 10 月第 1 版第 1 次印刷
　　　　　©2016 商務印書館 (香港) 有限公司
　　　　　ISBN 978 962 07 0431 4
　　　　　Printed in Hong Kong

目錄

收稅專家趙奢

納稅是讓一個國家富裕、強大的基本手段。只有國家強大了，老百姓才能過上好日子。但是假如收稅的官吏不盡職盡責，遇見了有權勢的人徇情不收，見了貧苦的平民又威逼敲剝，或者將收得的稅款中飽私囊，那麼國家的財政仍舊是匱乏的。所以不管在甚麼朝代，收稅的官吏所起的作用是至關重要的。在我國古代，奉公守法的收稅官員很多，戰國時代趙國的趙奢，就是其中一個。

趙國的平原君，是趙武靈王的次子，也是當時在位的趙王的弟弟。平原

君作為趙王的弟弟和宰相，權勢之大，幾乎超過趙王。他的田產多不勝數，計起稅來，自然也要交納許多錢。可是他自認為是王弟，交不交租稅，沒有甚麼要緊，所以經常不交。當朝的那些收稅官，大多懼怕他的權勢，不敢向他催繳。

唯獨一位叫趙奢的收稅官員，他看見同僚如此徇私枉法，甚為不滿，便親自跑到平原君的家裏去收稅。平原君家的管家早就習慣了把那些收稅官拒之門外，所以趙奢此次前來，自然也是吃了一個大大的閉門羹。趙奢心想：「收稅是國家的公事，他們如此恃勢抗稅，目無王法，再這樣下去還了得！」他立即差了公役，把平原君家的管家捉走，依據法律，重重地懲罰了他。

平原君知道後，覺得受到了極大的侮辱，勃然大怒，揚言要殺死趙奢。但是趙奢卻毫不畏懼，親自去見平原君，對他說之以理，動之以情，說道：「你是趙王的弟弟，又是趙國的宰相，你的每一個行為在趙國都有舉足輕重的影響。你不奉公守法，視國家的法律為無物，倘若人人都學你，不依照法律行事，久而久之，國家勢必衰敗，鄰國必來侵伐趙國。一旦趙國滅亡，那時你還保得住龐大的土地和家產嗎？還望你以大局為重，為趙國的人民做一個表率。」

平原君本就是一個聰明的人，聽了他的話之後，怒氣全消，不但絕口不提殺他的話，還反過來向他謝罪。他連連說道：「先生說得有理，令人佩服得很！

像你這樣奉公守法的收稅官員，真是我們趙國之寶呀！」於是馬上將自己應納的租稅繳付給他，隨後入朝，把趙奢推薦給趙王，叫他管理全國賦稅的收繳工作。

自從趙奢擔任了這個官職後，大力整頓了收稅制度，革除了種種不合理的積弊，使得稅收大幅增加，國庫更加充實，趙國也因此越來越富強。

中飽私囊：指私自取去經手的錢財，使自己得益。

徇私枉法：徇私：謀求私利。枉法：歪曲法律，違法。 為了私情、私利而做不合法的事。

表率：指好榜樣。

智者孫覺

中國在從前的專制時代，做官的大多只知道要求農民交納租稅，卻從不考慮農民的痛苦！交不起租稅的農民，會被捉到衙門裏監禁起來，逼着賣掉田產和子女，還清欠稅才會被放出來。否則，便會一直被關押，得不到人身自由。當然，偶然也會出現一些愛民如子的好官，哀憐這些窮苦農民的不容易，想辦法減輕他們的負擔。宋朝的孫覺便是這樣一個好官。

孫覺當時任福州的太守。有一年，福州的收成很不好，有許多農民交不起

租税，被捉入牢獄。孫覺知道農民實在是交不起稅，而並不是有意抗稅，心裏非常同情他們。可是他又不能不執行法律，只得暫時先把他們收監。

孫覺一直為這事苦惱着。不久後，福州有個地方上的富豪，出錢五百萬，修葺城內各大佛殿。當時如果是平常人家修造私人的房屋、祠廟，只要叫工匠來做就是了，不必去知會官府。然而現在這位富翁要修葺的是公眾所有的寺廟，便得向地方官請示。所以他特地到太守府來拜會孫覺，提出他要花五百萬錢去修葺各大佛殿的事情。

孫覺心想：「我想要釋放這些欠租的百姓，苦於沒有錢替他們還債。今天此人有這麼多錢要布施，何不叫他布施

給這些百姓呢？」他想到這裏，便笑着對富豪說：「你為甚麼要布施這麼多錢去修葺佛殿啊？」富人道：「我不過是要求些福罷了。」孫覺說道：「呀，原來如此。我知道城內各寺的佛殿，都還沒有大壞，不修也不要緊，修了也未必會得福。你如果肯把這筆鉅款替欠租稅的農民償還給官府，使那幾百個囚犯免除了牢獄之苦，倒是一件大大的善事呢！你若做了這件大善事，一定可以得到很大的福報啊！」

這富豪不敢不聽太守的話，加上他也認為孫覺的話很有道理，便一口答應道：「好，好！太守的主意實在不錯。我馬上照你的話去做，明天就把這五百萬錢送過來吧！」

後來，孫覺把富豪送來的五百萬錢統統繳入國庫，恰好可以全部償清農民所欠租稅的數目。於是孫覺把幾百個囚犯都放了出來，叫他們謝過那位富豪，各自好好回家。

布施：佛教用語，指把實物、金錢給予別人，藉此提供幫助。

管寧吊水

有一條街道，從早到晚，不斷傳出吵鬧聲。你搶我奪，喊的聲音、拿東西的聲音，乒乒乓乓，不絕於耳，把耳朵都要吵聾了。這條街道究竟發生了甚麼事情呢？

原來這條街，有一口井是大家共用的。但是諾大的一口井，卻只有兩個吊桶，要給幾十戶人家用，當然要搶起來了。所以人們到井裏去吊水，天天有人吵架。大家都習以為常，從來沒有人覺得奇怪，也沒有人覺得有問題。

但是有一個人看不下去。這個人就

是管寧，也是這條街上的一家住户。他每次出去，看見這種混亂的景象，心中非常擔憂，覺得自己有責任去改變它。

那麼，該從哪裏入手呢？他思來想去，似乎只有兩種方法：第一個是請人在這裏監視，及時阻止搶奪事件；第二個是多添幾隻吊桶，讓更多的人可以打水用。但是這些方法都行不通。為甚麼呢？原來當時沒有人肯來做監視這種吃力不討好的事情，至於添吊桶也不行，因為添置以後人們照舊會搶。最後他得出一個結論：只有教人們按順序依次去吊水，才不會搶奪吊桶。但是怎樣可以教他們不搶奪呢？最後管寧終於想出一個辦法來。

管寧先是到木匠店裏買了幾個吊

桶，第二天一大早便起身，來到井邊，那時一個人也沒有，他便一個一個將桶裏都打滿了水，擺得齊齊整整，然後回家去了。

過了一刻，人們陸續來取水了。看到這些擺放得整整齊齊的桶，有人便把水倒去，然後一聲不響地回家；有人奇怪起來，便互相打聽是誰做了這樣的好事，就漸漸知道了是管寧怕大家搶水，所以事先吊好水放在這裏。

第一天仍舊有人搶水。第二天，管寧仍舊去做同樣的事，而搶水的人明顯少多了。這樣連着四、五天下來，大家都知道了有一位熱心腸的人，每天一大早起來，不辭勞苦地為大家吊水上來擺好。他們都覺得管寧這樣一片苦心，自

　　人性本善，皆有惻隱之心；當鄰人明白到管寧的苦心和善意，最終改變過來，不再搶水。

己萬萬不能辜負他，於是便沒有人再搶奪了。

現在假如你走過井邊，會發現人們來到這裏，都是安安靜靜的，一個一個依次去吊水，毫無搶奪的聲音，有時還會聽見「你請！你請！」的客氣話呢！

熱心腸：指對人熱情，樂於替別人辦事。

字詞測試站 1

三字比喻詞

有一些名詞隱藏着比喻手法，詞義含有比喻義。例如「熱心腸」一詞，心和腸都是熱的，比喻一個人待人熱誠，樂於助人。

下面是一些常用的三字比喻詞，你能猜出來嗎？

1. □□虎　展露笑容的老虎，比喻外表和善，內心很辣的人。

2. □□蟲　比喻依賴別人，自己不願努力的人。

3. □□雞　比喻全身濕透的人。

4. □□牛　比喻埋頭苦幹，不計較得失的人。

5. □□狗　　比喻唯命是從，不敢違抗命
　　　　　　　　令，一味討好上級的人。

6. □□犬　　比喻一無所有，孤苦伶仃的
　　　　　　　　的人。

唐雎的布衣之怒

在戰國時期，秦國是一個實力遠在別國之上的超級強國。攻城掠地，戰無不勝。被秦國吞併或消滅的弱小國家，多不勝數。

當時有一個極小的國家，叫做安陵。安陵全國的國土不超過五十平方公里，卻能在亂世中屹立不倒。這要歸功於安陵國一位能幹而且忠勇的大臣，他的名字叫唐雎。唐雎能言善辯，不畏強暴，面對強大的對手能夠不卑不亢、沉着應對。這裏要講的便是一段唐雎出使秦國，保護安陵國土的故事。

當年秦王想用欺騙手段，吞併弱小的安陵國。於是他派使者前來對安陵君道：「敝國情願以五百平方公里的土地跟貴國交換。貴國不過五十平方公里，如今我們用十倍的土地相換，想必你們沒有不換的道理吧！」安陵君明知這是騙局，又不好直接揭穿他，於是便說：「秦王厚賜，用十倍的土地來換安陵，我固然很感激，但是安陵的土地，是先王世世相傳下來的，寡人（國君對自己的謙稱）雖然願意相換，可是卻不敢有違祖先的意願。」

　　秦國的使者就回去稟報了秦王。秦王暗想：「區區一個安陵國，我用十倍的土地來利誘他，於我而言，已算是開出了相當優厚的條件，而安陵君居然不

上鈎，簡直是不識好歹！」他心中十分不快。

這邊安陵君害怕秦國藉口用武力來強奪土地，便派唐雎到秦國，說服秦王。秦王一見唐雎，便很惱怒地對他說：「我用五百平方公里的土地，換貴國五十平方公里的土地，而安陵君竟然不肯，這是甚麼道理？我們秦國實力雄厚，滅韓，滅魏，滅任何一個國家都不在話下，而安陵只是一個區區五十平方公里的小國，之所以能夠存在，你認為這是秦國對你們安陵有所畏懼嗎？明白告訴你，不是！這只是因為安陵君為人還算謹慎忠厚，所以寡人姑且讓他苟延殘喘一會兒罷了。如今我好意將十倍的土地與安陵相換，讓你們國土擴大。而你們國君

竟然公開拒絕我的好意，看來敬酒不吃
要吃罰酒了！」

　　唐雎忙回答道：「不是這樣呀！安
陵再小，乃是敝國國君繼承先王的國
土，理應好好守護，即使大王用千里的
土地來換，安陵君也是萬萬不敢答應
的，何況是五百平方公里呢？」

　　秦王道：「好！你好好給我聽着：
天子不怒便罷，一怒卻非同小可，伏屍
百萬，流血千里，你說怕不怕！」唐雎
淡淡一笑道：「天子的震怒，原來如此，
小臣懂得了。請問大王可曾聽過布衣（古
稱平民為布衣）的震怒呢？」秦王輕蔑地
回答道：「布衣的震怒有甚麼了不得，
頂多把帽子丟掉，鞋子拋去，披頭散髮，
呼天喊地罷了。」

唐雎沉着地回答道：「大王您說的是庸夫俗子的震怒，並非志士仁人的震怒。要講到志士的震怒，真是叫人驚駭呢！歷史上有很多布衣的志士，他們所做的事，可算得上驚天動地。敝人正是這樣的人。我要發起怒來，伏屍不必百萬，你我兩人已夠；流血不必千里，只在這五步以內，便可使天下人皆穿喪服。今日大王便可一試！」說着，拔出腰間佩劍，直衝向前，要刺秦王。秦王措手不及，嚇得呆立原地，面無人色，連忙賠罪道：「這是我的錯，請先生有話好好講，不必動怒！現在我才明白：韓、魏這麼強大的國家都被我所滅，而安陵只有五十平方公里，卻能夠安然穩固，就是因為有先生這樣的能人志士，

一身凜然正氣，從容不迫。真是可敬可佩！」

隨後秦王設宴好好款待唐雎，再也不提與安陵交換國土的事情。

不卑不亢：指不卑下也不高傲。形容態度言語有分寸。

輕蔑：指輕視，不放在眼裏。

靈輒勇救趙盾

趙盾是春秋時期晉國的上卿。一天，他在山上打獵疲倦了，便來到一棵桑樹的樹蔭下休息。

這時，他看見一個人躺在地上。他的臉孔灰黑，衣服破爛，眼睛緊閉着，呼吸十分微弱。趙盾頓生惻隱之心，連忙上前俯下身子來問他：「你為甚麼會躺在這裏？是害了甚麼病嗎？」那人慢慢睜開眼睛，輕輕地答道：「我已三天沒有吃東西了！」趙盾聽了，連忙吩咐隨從，把帶來的乾糧分些給他吃。

原來這個人也是晉國人，名叫靈

輒。他慢慢地坐了起來，一邊接過遞過來的食物，一邊誠懇地感謝趙盾。然後他狼吞虎嚥，轉眼就把食物吃去一半，卻不再吃了，把其餘的一半仔細包好，藏在懷裏。趙盾見了很奇怪，便問他：「你為甚麼要這樣做呢？」

「我出外三年了，家中還有一位年老的母親。我相信她現在不是死了，便是在受苦！這裏離家不遠，這點食物，我想帶回去孝敬母親。」靈輒說完，眼眶已含滿了淚水。趙盾聽了很難過，寬慰他說：「你盡量吃吧，我這裏還有一些，你都帶回家去吧。」

趙盾轉過頭來吩咐跟隨的人，再給了靈輒一些乾糧、乾肉。靈輒又吃了些食物，身體恢復了一些氣力，便站了起

來，再次謝過趙盾，然後背着食物，慢慢地走了。

後來，晉靈公無道，趙盾數次勸諫他也不聽。晉靈公漸漸覺得趙盾很礙事，一日有趙盾在，自己便不可為所欲為，因此很想除掉趙盾。有一天，晉靈公暗暗埋伏好了刀斧手，故意請趙盾前來飲酒，好在席間把他殺掉。

趙盾不知這是晉靈公的奸計，竟然如約而來。幸好趙盾的隨從看出了破綻，兩人預備回去。但是，廊下早已經埋伏好的刀斧手一齊圍了上來。正在十分危急的時候，忽然有個刀斧手，一邊拚命廝殺晉靈公的部下，一邊護送着趙盾匆忙逃走。

趙盾獲救後，便問這位武士說：「你

是誰？」那人答道：「那年桑樹下饑餓的人。」趙盾方才恍然大悟，正想要重重感謝他，他已一聲不響地跑掉了。

義乳母

　　戰國時候，秦、楚、齊、燕、韓、魏、趙七個國家，互相攻伐，各不相上下。後來秦國日漸富強，陸續蠶食其餘六國的國土，最後更吞併了它們，統一中國。

　　且說當秦國攻打魏國時，魏兵潰敗，秦兵攻破魏國都城，直入魏宮，擒殺魏王，並搜尋魏王的幾個王子，一一殺死，但最幼的一位公子卻遍尋不得。秦王心想：「若不斬草除根，留此孽種，將來勢必和我作對！」於是狠心的秦王，一不做，二不休，一邊加緊查抄，一邊

下通告：「如有人捉了公子獻給本王，賜黃金千鎰（一鎰是二十四兩）；若敢藏匿公子的，查出來滿門抄斬。」他心想，有了這個通告，人們必不會藏匿公子了。不料過了些日子，還是沒有一點頭緒。

那麼這個幼公子到底去哪裏了呢？原來秦兵破城入宮之時，燒殺搶掠，老百姓紛紛逃難，苦不堪言。幼公子還在繦褓當中，他的乳母見形勢不妙，連忙換了平民裝束，揹着公子混在百姓當中逃難去了。

後來乳母逃出了城，到了魏國的一位故臣家裏。乳母以為那故臣，一定能夠念及故君舊情而庇護公子，以延續魏王宗室的血脈。誰知那故臣一見公子，

像得了稀世之寶似的，便和乳母商量，要把公子獻給秦王。

乳母自然不肯。故臣道：「這事我們藏匿不了的，遲早終要敗露，到時候可就來不及了！要是現在獻出去，還能有千鎰黃金的重賞。雖說這樣有點殘忍，但是想一想取之不盡的財富就要唾手可得，以後一生吃穿不愁，何苦還要擔驚受怕，再去冒那無謂的風險呢？請你仔細考慮一下吧！」

乳母不為所動，長嘆一聲道：「貪利而背叛故主，便是逆理；畏死而忘卻正理的，便是亂道。我決不會貪利畏死，做那逆理亂道的事情。況且主人催我做乳母，原是要我養育他的孩子，如今怎麼能反而去害他呢？這種背信棄義的行

為，我是不會做的！請你快死心吧！」

　　故臣想不到一個看似柔弱的女人卻能如此深明大義，不覺好生慚愧，一時說不出話來。停了半晌，說道：「你既不肯，我也沒辦法，不過請你趕快離開這裏，不要連累我！」乳母也覺得此時再待下去，已經很不安全，不如早離虎口，另覓安身之處。便火速抱了公子，逃往深山去了。

　　那位故臣眼看煮熟的鴨子竟飛了，心裏懊喪不已。他越想越覺得可惜，竟去往秦營，報告了此事。秦王正苦於搜尋不得，一聞聽此信，立刻派兵追趕。可憐那乳母帶着個襁褓，本就跑不快。此時便被秦兵像甕中捉蟹一般，一下子便包圍了。

只聽得一聲令下，秦兵的亂箭射出，乳母緊緊護着懷裏的繈褓，唯恐傷了公子，可憐她的身上，早已經插滿亂箭，就好像一隻刺猬。懷裏的公子也沒有了氣息，終究沒有成為漏網之魚。而這位守義盡忠的乳母的故事，幾千年後還在人們口中傳誦。

蠶食：好像蠶蟲吃桑葉一樣，一點一點地侵吞。

繈褓：背負幼兒的布帶和布兜。

懊喪：指感到煩惱，灰心失望。

季布死裏逃生

　　二千多年前，楚王項羽和漢王劉邦聯手滅掉秦國以後，他們就勢不兩立了。

　　戰爭持續了很長時間，老百姓們處在壯年的都被徵去當兵，年老的和年幼的被拉去運糧，大家的生活都困苦不堪。後來漢王和韓信、彭越等連番攻打楚國，打到垓下，把楚王圍困住。楚王無路可走，自殺而死，楚國就此滅亡。

　　楚國滅亡後，漢王劉邦做了皇帝，他最恨的，就是過去楚王手下一位叫季布的勇士。因為季布當年一心一意追隨項羽，忠心耿耿。所以劉邦恨恨地說道：

「項羽如今被我滅掉，這個季布，待我來了結他吧！」就命手下擬了一個告示，上面說道：「如有人捉到季布，重賞千金；有敢藏匿的，罪誅三族！」

在這個告示還沒有發佈以前，季布早已逃到朋友的家裏，請求藏匿。這位友人姓周，住在現今河北省的濮陽縣。他一見季布容貌十分憔悴，早已猜到季布危難臨頭，立即就留他居住。隔了幾天，周君走出家去，看見漢王的告示後嚇得渾身是汗。他急忙趕回家，將告示的內容告訴季布。季布怕連累了朋友，心裏十分不安。

過了一夜，周君又對季布說：「季將軍！老實說，現在漢王懸了重賞捉你，風聲非常緊急。萬一到我家來搜查，

不但將軍性命危險，就連我家裏的人也要陪死。死固然不怕，但是這樣死，未免太不值得。我的意思，還是另想妙計吧！」季布道：「現在我的性命全在你手裏，就照你的意思去做吧！」周君於是說：「我聽說魯人朱家，是一個生性豪爽的人，如果將你賣給他，將來定有出頭的一天。你願意嗎？」

季布道：「願意！願意！」當夜他們就商量怎樣把季布送去朱家。商量好了，周君立誓：「萬一朱家不肯收留你，我情願立刻自謀死路，以示我沒有辜負將軍的心意啊！」說罷，痛哭流涕，季布也不禁跟着落淚。

第二天一清早，雞剛一打鳴，一家人都醒了。那時，周君早已把季布化裝

成一個犯人的模樣。烏黑的頭髮，已經剪光了，雪白的脖子上套了一個鐵圈，乾淨整齊的服裝換成破舊的布衣。季布拿鏡子照了一下，不禁笑道：「好！這樣就認不出我是季布了！」此時，一部裝貨的大車已經停在外面，等候着季布上車。

　　季布跳上車子，周君就搬了許多雜貨，擋在他的身體四周。自己則扮作一個車伕模樣，帶着鞭子趕路。過了幾天，他們來到朱家的門口。周君停下車子，先進去對朱先生說：「朱先生！你是個豪爽的人，我現在要求你一件事，不知可以答應我嗎？」朱先生說道：「究竟是甚麼事呢？」周君道：「外邊車上，我帶來一個犯人。這犯人是上月投靠到我家

來的，現在想賣給你，為你效力，你肯不肯？」朱先生直說道：「可以，可以。」說完塞給他二十兩銀子，請他引犯人進來。

周君來到貨車旁邊，搬開雜貨，叫季布下車。又把二十兩銀子，交給季布收藏。然後引他進去見朱先生。朱先生一見季布相貌堂堂，早知他是個不平凡的人。正在考慮時，周君已經告辭回家去了。

朱先生向季布略問幾句，經過幾番思量，就已經明白他就是那個被懸賞捉拿的季布。但是他口裏卻沒有說明，只叫他去種田，再關照自己的家人說，要好好對待這個犯人，不要看輕他。

有一天，朱先生乘了馬車，到河南

洛陽縣去會見他的朋友滕公。滕公請他飲酒。大家談得高興的時候，朱先生就問滕公道：「季布有甚麼大罪，漢王要懸賞捉他呢？」滕公說：「大約因為以前季布幫助楚王時，曾經羞辱過漢王，漢王懷恨在心。如今楚王已滅，天下已定，所以漢王想要捉拿他，一雪前恥。」

朱先生問道：「你認為季布是一個怎樣的人呢？」滕公道：「他是一個勇士。」朱先生一聽就高興地說：「是啊！我也認為做下屬的，應對他的主上出謀劃策，所以當年季布幫助楚王，是做了該做的事。再說項羽雖然失敗，但是他手下的人那麼多，難道個個都要殺嗎？我看漢王雖然得了天下，卻做出這種舉動來，胸襟未免太狹窄了。況且季布是

個勇士，漢王要置他於死地，他將來不是逃到北面去幫助匈奴，便是去南面幫助越國。如果讓這種人才逃到敵國去，恐怕要反過來對付我們了。漢王封你做『汝陰侯』，說明他很信任你，何不把這個道理去說給他聽呢？」

滕公聽了這番話，大為贊同，心裏明白朱先生是個生性豪爽的人，大約已經收留着季布了，所以便回答道：「你的話好極了！我一定找機會去告訴漢王，不負你這一番好心！」

沒多久滕公拜見漢王劉邦，把朱先生的意思，大略說了一遍。漢王頓然醒悟，十分佩服他們的見地，立刻赦免了季布，取消了通緝令。這個消息傳到了朱家，朱先生就請季布飲酒，把這個好

消息告訴了他。

　　如今季布的頭髮，已經長長，恢復了以前的烏黑亮澤。脖子上的鐵圈已經脫去，破爛的衣裳也已經換上新裝。他英氣勃勃，恢復了以前的模樣。他聽完朱先生一番話，想到他待自己的厚道，以及早已知道自己是季布的事情，感激得流下淚來。

　　季布把二十兩銀子還給了朱先生，然後拜別回家。路過周君家門，又進去拜謝。後來漢王果然召他去宮裏，並且重用了他。季布常常對人說：「濮陽周君，魯人朱家，『汝陰侯』滕公，都是我死裏逃生的大救星啊！」

罪誅三族：誅，把罪人殺死。指犯罪者的父母、兄

弟、妻子等親人均要一同受罰。

陳平解衣脫險

　　從前漢高祖劉邦和楚霸王項羽爭奪天下的時候，劉邦手下人才濟濟，臥虎藏龍。在他們的輔佐下，劉邦打敗了項羽，得到了天下。而在這些人才當中，又要數陳平的智謀為最多，異於常人。

　　陳平從小就沒了父母，跟着兄嫂一起生活。因為他外表俊朗，又十分聰明，所以深受大家的喜愛和器重。每年村裏舉辦完春秋兩季的祭禮後，要分發拜祭後的食物，村裏人都叫陳平來分。因為陳平每次都分得十分均勻，沒有差別。大家紛紛稱讚他分得好，他說道：

「這區區分肉的小事，怎會分不均勻呢？別說是分食物，等我將來長大了，執掌國家大權，管理起國家來，也要很公平呢！」由此可見，他自小志向就十分高遠了。

有一次，陳平的兄嫂叫他到外地去辦一件事，他便一個人上路了。走了一、兩天路程，來到一條江邊。陳平左顧右盼，尋覓船隻，想要渡過江去。可是這裏一片荒野，四周沒有任何人跡，只有江水茫茫，自西向東滾滾而去。岸邊大樹林立，雜草叢生，隨風飄搖。正在無奈之際，陳平忽然聽見草叢旁邊，有划槳的聲音，接着出現一艘小船，船上站着一位船伕。

陳平見了，十分高興，連忙上前叫

船伕渡河。船伕把船靠攏在岸邊，跟陳平講好了渡船價錢，他便跳上船去。他坐定後把那船伕細細地打量了一番，只見他尖嘴猴腮，行動鬼祟，一邊搖船，一邊偷看艙上的客人。陳平料想這位船伕是個壞人，多半是打劫渡客的賊匪，恐怕不知殺害過多少渡客了。

陳平果然沒有看錯，這的確是個心黑手辣的劫匪。這天他見陳平衣冠楚楚，以為是個多財的客商，便想搖到江心後再動手劫他的財物。他趁着陳平沒有注意的時候，偷偷取出一柄匕首別在腰間，預備搶劫時用。

陳平早就料定他不懷好意，所以坐上船一會兒，就故意大聲說天氣熱得自己受不了，接着便把身上的衣衫統統脫

　　通過觀察，料敵先機，自能在危機出現之前，
做好準備，提前化解。

掉。那船伕看他身上並沒有帶任何像金銀財寶這樣的貴重財物，身邊的荷包也是扁扁的，想來也不是甚麼富貴人家，便打消了劫財的念頭。之後船伕一心搖櫓，陳平自然也就平平安安渡過了江。

衣冠楚楚：衣帽穿戴得很齊整，很漂亮。

檀道濟唱籌量沙

檀道濟是劉宋時期（南北朝時候的宋朝）一位有名的大將，有勇有謀，曾經隨宋武帝劉裕渡江北伐，充當先鋒，打過很多勝仗。北朝的將領聽到他的名字都有幾分忌憚。他們說，南宋有檀道濟這名大將，彷彿在國境上築起了一道「萬里長城」。

有一回，北魏派了大軍南渡黃河，向宋進攻。檀道濟領了軍隊抵禦，前後打了四、五次仗，屢屢得勝。那時，他的軍隊已經不知不覺地深入敵境，因為想不到會離開本國這麼遠，一時間軍糧

運輸不及，加上宋軍押送糧草的隊伍遭到魏軍的突襲，軍隊裏的存糧眼看就要耗盡，形勢十分嚴峻。

古代打仗時，糧食對軍心影響舉足輕重。糧食充足，軍心安穩，打仗才有勝利的把握。糧食缺乏，軍心不安，士兵們垂頭喪氣，毫無戰鬥能力。所以分析目前的狀況，檀道濟知道軍隊已經處於十分危險的境地，只得領兵回國。

檀道濟忽然退兵，引起了魏軍的疑惑。他們想去追趕，卻又不敢追。因檀道濟平時領兵作戰，虛實難以猜測。正在躊躇的時候，恰巧檀道濟手下的士兵前來投降。魏軍將領經過詳細查問，才知道檀道濟這回確實是因為缺乏糧食而退兵，於是趕緊派兵追趕。

北魏的追兵快要趕到了。檀道濟心想：「此時正當軍糧缺乏，士兵無心作戰之際，萬一敵兵趕上，勢必潰散，一定抵擋不住。」他苦苦思索着對策，突然靈機一動，想了一個辦法出來。首先，他下令軍隊停止行軍，在原地紮營休息。然後命令撤去隊伍後面的巡邏哨兵，讓魏軍接近自己。

當夜，檀道濟等軍士們返回軍營休息之時，他卻在軍帳中，把燈火點得通亮，另派一隊親信士兵，在帳中用斗量着堆積如山的沙子。量的時候，嘴裏還很清晰的喊着一石、二石、三石（石，古時容量單位元，十斗為一石。），幾位士兵還煞有介事地拿着本子在記數報賬。

　　戰爭最考究將領的謀略能力，行兵布陣若能做
到虛實難測，自能讓敵人忌憚。

這隊士兵又把軍中剩餘的糧米，薄薄的鋪在沙上。沙量完了，就熄了燈火。士兵們在營中聽見同伴喊着一石、二石、三石……以為糧食已經運到，便都很安心地休息了。第二天早起，只見軍帳裏的糧米堆積如山，不覺軍心大振。

北魏的軍隊在第二天早晨趕到，在離他們不遠的地方，安下營帳。一邊派了探子，刺探軍情。過了一會，探子向魏軍將領匯報：「宋軍軍糧充實，軍心安穩。」將領聽了，心裏想：「原來他們並非缺乏糧米，早前那位士兵來投降，說他們軍隊因缺乏糧食而退兵，看來是檀道濟故意派來詐降的，好叫我們追趕，中他的詭計。」想到這裏，不覺大怒，一邊連忙叫人把那位降兵綑縛起

來，立刻斬首；一邊傳令趕緊退兵。

魏兵既退，檀道濟也就安安穩穩地領兵回國了。

忌憚：對某些事或物有所顧忌，並感到害怕。

躊躇：從容自得的樣子。

煞有介事：指裝模作樣，好像真有那麼一回事似的。

賺箭能手張巡

　　唐朝的時候，有位名將叫張巡。他領兵駐守睢陽時，恰巧有敵兵來攻城。張巡的軍隊人數不多，又沒援兵，現在又被敵兵緊緊圍困住，形勢十萬火急。

　　張巡的士兵日夜在城上守衛。那時打仗還沒槍炮，只有弓箭是最有殺傷力的武器。張巡軍隊被敵兵圍困後外面沒有接應，城裏的弓箭無論再怎樣多，到底是射去一枝就少一枝，比不得敵兵在城外，有很多辦法可想。可是敵兵攻城的速度又快又猛，士兵不得不竭力抵擋，這樣一來，箭的消耗更為龐大。

就這樣，敵兵一連圍了幾個月，張巡的將士眼看城中的箭將要用盡，個個垂頭喪氣，束手無策。

　　張巡心裏也十分焦急。於是他召集將士們，為他們打氣，叫他們不要垂頭喪氣，要抖擻起精神來。「因為，」他接着說：「今夜將有幾十萬枝箭要送到城裏，一有了箭，我們還怕甚麼呢？」將士們聽了，頓時勇氣增加了百倍，個個精神大振，誓要奮力守城。

　　儘管如此，有些人心裏卻還是嘀咕着：「哪裏有這麼多箭送來呢？城裏造箭的材料已經搜索乾淨了。我們又不能派人去城外求助，就算真的有人送箭來，此時被圍得水泄不通，又如何能運進城內呢？」不過想歸想，這班將士素

來信服張巡，認定他決不會欺騙他們，所以只能眼巴巴地等着箭送來。

張巡那天在城中貼出告示，令百姓家有稻草的，儘量交出，暫借應用。百姓們愛張巡如父母，所以大量的稻草立刻被送到營中，一時堆積如山。張巡又召集數百民伕，叫他們把稻草紮成數千個稻草人，並且穿上黑色衣服。眾人也不知道稻草人有何用途，只管按照張巡的要求來製作。

到了深夜，張巡便命令士兵各自背着稻草人登上城樓。準備完畢，在城中放了一炮。各士兵便把稻草人用繩子綁緊，從城樓上面緩慢地往下放。城外敵兵聽到城內炮聲大響，以為是張巡乘黑夜出城攻營，連忙召集各營的士兵準備

抵禦。士兵們立即起身集合，然後帶了弓箭出營。

在黑暗的夜色下，睡眼朦朧的敵兵看到城樓上爬滿了黑衣人，正一個接一個從城上沿繩而下。他們來不及思考，便拉開弓朝黑衣人射去。一時間，萬箭齊發，多如飛蝗。城上的士兵見到稻草人身上的箭插滿後，便立刻拉上城樓，把箭拔去，再把稻草人重新放下去。敵兵見城上的黑衣人還是在不停地沿繩而下，便也一直不停地射箭。直到快天亮，張巡才叫眾士兵把稻草人一齊收回城樓去，把箭拔下，清點數目後，果然得箭數十萬枝。

將士們見箭數目充足，於是軍心大振，這下可以狠狠地反擊了！大家都暗

　　從張巡借箭一事可見，有大智慧的人，總能在
絕境中找到解決問題的辦法。

暗佩服張巡的智謀。

第二天，士兵把賺來的箭，射向那些送箭的敵兵。到了夜裏，張巡仍舊用這方法，又賺來了好多箭。一連幾夜下來，敵兵漸漸有所覺察，知道中了張巡的計謀，便下令不再發箭。但是張巡仍舊每夜把稻草人掉下城樓來，敵兵暗暗嘲笑他們愚笨，並說再也不隨便發箭，免得便宜了張巡的士兵們。

張巡試了幾夜，知道敵兵不再發箭，並且毫無防衛準備。於是召了幾百個勇敢的士兵，命令他們穿上黑衫，趁夜深人靜，敵兵都已沉沉睡去的時候，一齊沿着繩索從城樓滑下去。那時敵兵仍有看守的人，但當他看見有黑衣人從城上沿繩子下來，仍舊當是稻草人，一

點也不在意。可是這一次，他卻搞錯了，那些黑衣人成了真正的士兵。他們下了城樓後，便直接殺向敵營，逢人便砍，勇猛非凡，所向披靡。敵兵完全沒有防備，一時方寸大亂，各自抱頭拚命逃竄。

可是張巡的士兵哪裏肯收手，他們乘勝追擊，一鼓作氣，將敵兵全部殲滅，大獲全勝，最後還一把火將敵營全部燒個乾淨。

抖擻：指振動，引申為振作。形容精神飽滿。

嘀咕：小聲説，私下裏説。

睡眼朦朧：初醒時眼睛猶帶睡意的樣子。

趙鳳計破假佛牙

現在的雲南、貴州和四川南部一帶，從前叫做西域。西域的佛教很盛行，所以被稱為西方佛國。

五代的時候，有位和尚從西域而來。他說自己得到了一隻佛牙，於是轟動全國，大家都認為這是一件很罕有的寶貝。和尚也很得意，拿了佛牙，去獻給後唐明宗，說：「我走了幾千里路，費了十幾年工夫，才得到這個東西。」明宗對他的話信以為真，把那佛牙隆重地收起來，並送給和尚許多金、銀、珠寶、玉石，作為酬謝。甚至還留他住在

宮裏，日日款待他。滿朝大臣，見皇帝如此，自然也個個稱讚，誰都不敢說一句「不」字。

有一天，明宗下了一道命令，召集羣臣，去看佛牙。他的意思，自然是想聽大家說些好話，讚揚幾句。羣臣聽到這個命令，個個歡喜，都想去開開眼界。

到了那天，明宗拿出佛牙給羣臣欣賞。大家看完都讚不絕口，皇帝也笑逐顏開，得意非凡。但大臣當中有個叫趙鳳的官員，是一個絕頂聰明的人。他想哪裏有甚麼真的佛牙，不過是和尚靠它騙幾個錢罷了。他心想：「我倒要想個計策，來試驗這隻佛牙的真假。」

趙鳳見這隻佛牙不過一、二寸長，顏色和象牙差不多，眉頭一皺，想到了

一個好辦法。他對着和尚說：「人家說佛牙是水不能傷，火不能燒，刀劍也不能斬斷的。這句話對不對？」和尚說道：「是的！」趙鳳又對明宗道：「既然如此，我們何不來試驗一下。倘使真的水不能傷，火不能燒，那麼這件東西，一定是真的佛牙了。」

明宗聽他說得有道理，便叫人用斧頭把佛牙敲擊了一下。那個和尚正要阻擋，卻已經來不及，只聽見「啪」的一聲，佛牙已斷成兩段。和尚見自己的伎倆已經被趙鳳識破，只好奪路而逃。皇帝送他的東西，一樣也沒有拿走。

笑逐顏開：逐：追隨；顏：面容。笑得面容也舒展開

來。形容滿面笑容，非常高興的樣子。

伎倆：指某種手段或者花招。

朱深源萬拜不拜

　　宋朝的朱深源是位極有道德學問的人，生性溫和恭敬，不喜和人爭執，說話也總是慢條斯理的樣子。他跟人講話時，總是自稱某某萬拜，非常謙虛。他做官也極清正，對上司尤其恭敬，所以當時有人讚他謙恭有禮，但也有人笑他擅長阿諛奉承。後來因為他喜歡用「萬拜」兩字，被人稱做朱萬拜。這個名字，實在含有譏諷的意思。可是他似乎並不介意，從不和人爭辯，仍舊不改他謙恭的態度。

　　那時宋朝朝政紛亂，國事日非。北

方的元人，非常強盛，一點點將宋朝的國土吞食了。後來就連宋朝最後退守的地方——閩（即現在的福建）都被元兵給侵佔了。朝中的一班官吏，死的死，逃的逃，其餘死不了的、逃不掉的，一齊被元兵捉住了。這班捉去的官吏，為了保全自己的身家性命，全都很快便降服於元人。

當時大家以為這位朱萬拜先生，是個沒有烈性的人，當然會首當其衝向元人屈膝，萬拜請降。但是這種猜想，卻完全錯了！因為朱萬拜此時竟變成了朱不拜，這真是出人意料呢！

原來元兵捉住了他，強迫他降服，否則就將他殺死。雖然受到這樣的威脅，但是朱深源卻寧死不屈，一改他平

只有在身處危難之時，才能讓人看清一個人的
品性與氣節。

日溫和的態度，激昂慷慨地說道：「我朱深源只知盡忠保國，如今既因兵敗而被俘，大不了一死了之，怎有降服之理！」說罷，猛然抽出腰間的佩刀，自刎而死。

平時謙恭有禮的朱深源，此刻表現出了令人驚嘆的氣節。這位忠勇愛國的男子，並不是人們想像中的懦夫。一到國家危急存亡的關頭，便顯露出他的真性情了。所以古人有云：「歲寒，然後知松柏之後凋。」

兩字比喻詞

在漢語裏，有很多以動物動作來比喻人類行為的詞語。例如「蠶食」一詞，蠶進食時很慢，都是一點一點地把葉子吃進肚裏，就像某些人一步一步地把別人的財產據為己有。這些詞語比喻生動，運用得好能使文章增色不少。

下面是一些常用的兩字比喻詞，你能猜出來嗎？

1. 狼□　據說狼墊着草睡覺，起來時有意把草踏亂，消滅痕跡。這個詞比喻雜亂的樣子。

2. 蜂□　蜂經常成羣結隊地活動，比喻人們擠在一起做某件事情。

3. 猴☐　猴子性格好動，急起來會抓耳撓腮，比喻焦急地做某些事情。

4. 鯨☐　好像鯨魚進食時一次過吃了大量食物一樣，比喻侵佔了大量財物。

5. ☐飲　比喻人們飲酒喝水時，像某種動物一樣大口大口地喝，份量很多。

6. ☐噬　比喻像某種動物一樣，勇猛非凡。

戚繼光做光餅

　　現在的浙江和福建一帶，有一種餅，樣子跟平常的燒餅差不多，不過它的中間有一個洞，大家把這種餅叫做「光餅」。這種餅為甚麼會被稱為「光餅」呢？它又是怎樣得來的呢？事情要追溯到中國的明朝。

　　在明朝世宗皇帝在位的時候，東鄰的日本還是一個不怎麼文明的國家。他們的百姓因為窮，經常在海面上集結成羣，燒殺搶掠，無惡不作。後來漸漸侵入到中國沿海的富庶省份，如浙江、福建等地。中國人稱他們為「倭寇」，請求

朝廷對他們進行圍剿。

　　當時浙江的參將戚繼光很有才幹，朝廷便委派他去剿除倭寇。戚繼光對倭寇肆虐的事情早有耳聞，一心想要為國除患。此次的委派正合他意，自然努力殺賊，欲將倭寇除之後快。但那些倭寇卻是很頑強的，一聽到戚軍殺來，便流竄到別處；等到戚軍趕過去，他們又逃到另一處去了。戚軍總是追趕不到他們。

　　這裏或許有人要問，為甚麼戚軍總也趕不上倭寇呢？原來倭寇是到處搶劫，用不着攜帶糧食，而戚軍卻必須隨船帶着糧草行走。有時到了一處，糧草吃完了，士兵們便必須在那裏等候應援。因為交通不便，往往一等就是好幾天。如此一來，哪裏還趕得上倭寇呢？

　　三軍未動，糧草先行。只有解決了糧草問題，

仗才能打下去。

當時戚繼光也意識到這個問題。他冥思苦想，終於想出一個補救的方法來，就是一次用麵粉做成好多個中間有洞的燒餅，叫兵士們把餅穿成多串，帶在身上做乾糧。從此戚軍再也不愁糧草跟不上，行軍速度大大提高，終於可以追上倭寇，打得他們落花流水。倭寇無路可逃，只好灰溜溜地回去了，此後很多年都不敢前來侵犯。

　　後來這種餅就流傳開了。人們為了紀念戚繼光，便取他名字的最後一個字，把這種餅命名為「光餅」。

流竄：到處亂跑，遷徙。

斷臂將軍王佐

　　一天晚上，都快深夜二更時分了，宋營中一位軍官王佐，依然坐在帳裏沉思，還時不時地嘆氣道：「我王佐自從投到岳飛大哥這裏，未曾為國家建立一點功績，如今大哥與陸文龍交戰，處於下方，真是讓人萬分焦灼，而我又不能出去生擒那個陸文龍，真是慚愧呀！」

　　軍官王佐，早與岳飛元帥結義為兄弟。他一邊嘆息，一邊苦思着如何破得金兵。一會兒，他忽然想到一條妙計，連忙叫道：「有了！有了！我如果這樣做，豈不是可以協助岳兄大破金兵？」

他立刻就卸甲拔出寶劍來，「颼」的一聲，把右臂砍下。一時血花四濺，王佐疼得昏倒在椅上。他手下的人見了，連忙替他包紮傷口，並把他喚醒，問他為何自斷右臂。王佐不肯告訴他們，只吩咐他們不要張揚此事，只須好好守營，自己便帶了那斷臂，去見岳元帥了。

岳飛見王佐自殘軀體，哭着說道：「愚兄自有破敵的良策，擊敗金兵指日可待，賢弟又何苦弄殘此臂，快回本營讓醫官醫治！」王佐回道：「臂已砍斷，即使留在本營，也是個沒用的廢人。如果大哥不准我去，情願自刎死在兄長面前，以表我報效國家的決心！」岳飛聽了，放聲大哭說：「賢弟既然已經下定決心，大可放心前去，你的家事，兄長

自會助你處理。」

王佐得了岳飛允許後，便連夜趕往金營，第二天清早便前去求見金兵首領金兀朮。兀朮見他面色焦黃，衣襟染血，便問他：「你是甚麼人？你隻身到金營有甚麼目的？」王佐說：「小臣名叫王佐，是宋營中一名小官。今次因為眼見金兵到來，下面又有很多英雄好漢。岳飛連戰不利，昨夜聚集我等將領商議，小臣勸他還是與金主講和，不料他非但聽不進好話，反而大怒，還把臣下的右臂斬去，要臣來金營先行通報，說他不久就來活捉狼主，踏平金營。我若不來，就再砍斷我的左臂，因此我特來哀告。」說罷，便將斷臂呈上，放聲大哭起來。

兀朮見了，心裏也挺難過，便對王

佐說：「你不用傷心！我看你既然為我斷了此臂，讓我來封你一個「苦人兒」的官職，讓你一世快活吧！」又下令各營，「苦人兒」可隨意通行，不得阻撓，違令者斬。這個命令一出，王佐暗暗大喜。從此他在各營出入，非常自由。

王佐一直記掛着自己要刺殺兀朮的使命，可是沒有下手的機會。一天，他往兀朮的義子陸文龍營中，想去探探他，恰好陸文龍不在，卻遇見了他的乳母。王佐從乳母那裏，得悉一個天大的秘密：原來陸文龍就是宋朝潞安節度使陸登的兒子，他三歲時父母為國捐軀，後來被兀朮擄到此地，認作自己的兒子，至今已有十三年了。王佐聽到這個意外的消息，不覺喜出望外。

過了幾天，王佐跟隨陸文龍到營裏，陸文龍請他進去坐，講些與中國有關的故事。王佐先講「越鳥歸南」和「驊騮向北」的故事給他聽，暗示鳥獸尚有愛國之心。陸文龍聽罷還不過癮，又叫他講些別的。於是王佐要求陸文龍先叫左右近臣退下，然後緩緩地從袖中取出一幅畫來，說道：「殿下，請先看看這東西，然後再講。」

陸文龍接來一看，原來是一幅畫，上面畫着一個像他父王兀朮模樣的人，後面跟着許多番兵。一位將軍和一個婦人橫屍在大堂上，還有一個小孩子爬在婦人的身邊哭泣。陸文龍便問他這是個甚麼故事，王佐便指着圖畫說：「這個地方是中原潞安州。這位死去的將軍叫

陸登，是一名節度使。這位死去的婦人是他的夫人，小孩子正是他們的兒子，叫陸文龍！」

陸文龍大驚道：「為何他也叫陸文龍？」王佐正色道：「你且聽着！兀朮的兵破了潞安州，這個陸文龍的父母為國犧牲！兀朮見公子年幼，就命乳母抱着，帶回了金國，認作自己的兒子，至今已十三年了。現在他已不再想替父母報仇，反而認賊作父，豈不令人痛心！」陸文龍大驚道：「苦人兒！你快些告訴我這是甚麼一回事！」王佐說道：「我斷臂之事，全是為你而來！你若不信你的身世，可去問問乳母便知。」

話尚未說完，那位乳母便哭出聲來說：「苦人兒說的話，句句是真，老

爺和夫人死得好慘呀！」陸文龍聽了這話，頓時淚如雨下，立即拔出寶劍，要去殺兀朮。乳母及王佐連忙攔住了他。陸文龍說道：「依您的意思，我應當怎樣做？」王佐答道：「不用心急！我們還有機會慢慢報效宋國，為你父母報仇！」陸文龍連忙說道：「好的，好的！」於是王佐與陸文龍辭別，離開他的軍營。

自從王佐離去之後，岳飛經常派人打聽王佐的消息。一天傍晚，金營的一名小將忽然送來一封機密函件，岳飛拆開一看，原來是陸文龍寫來的。他說金營新到一種火炮，名叫「鐵浮陀」，今夜便要攻打宋營，請快快躲避。最後還說明日一早要與王佐前來歸降。岳飛看了之後，驚喜交加，一邊傳令手下埋伏，

準備把「鐵浮陀」投到河裏；一邊通知各營虛設營帳，將本部人馬退避鳳凰山後。

果然，到了半夜，金兵把「鐵浮陀」向宋營轟去，霎時煙火騰空，山搖地動。當時宋營各將領都舉首向天道：「真是天不亡我！若不是王佐斷了一條臂膀，哪裏有陸文龍來的書函？我們七十萬人馬豈不是全軍覆沒？王佐可真是立下了汗馬功勞！」

兀朮當夜親眼見到「鐵浮陀」把宋營攻破，便和各個將領設宴慶賀。第二天早上，他的下屬進帳稟報：「苦人兒、殿下與乳母，在五更時分離開軍營投降宋軍去了！」兀朮聽了，大吃一驚。不久，一個小番兵又來稟報，說那「鐵浮陀」被宋軍推入了大河，直氣得兀朮暴

跳如雷。

　　過了一會，兀朮嘆口氣說道：「唉，這王佐肯斷臂來騙我，說服陸文龍投降宋軍，因而攻破了我們的『鐵浮陀』，真是個大忠大義、視死如歸的英雄呀！」說得他身邊的軍師和眾將士也都連連點頭稱是。

俠客邊城

明朝武宗皇帝在位的時候，浙江餘姚縣出了一位大俠客，他的名字叫邊城。他其貌不揚，從外表看似一個懦弱的少年。但他從小練得百般武藝，力氣很大，一個人能夠抵擋幾百個壯漢。他平時從不輕易和他人比試，顯耀自己的武功。因此除了幾個相熟的朋友外，幾乎沒有人知道他的本領。

一次，邊城穿着破舊的衣服，出門遊玩。一路上看看郊野風景，頗覺快意。後來走到江邊，遠遠聽見有人在哭泣，非常悲痛，連忙跑過去查看。走到那裏，

只見有個官人朝着江面痛哭不止。他便上前問道：「先生，你為甚麼在這裏哭泣呢？」

那官人帶着哭腔回答他道：「唉呀！我被賊人搶劫了啊。我是縣城的主簿（縣主簿是輔佐縣官治事的官），這次是卸任回家的。昨天才到這裏，不料都快靠岸了，卻被盜賊把我的妻女、僕婢連同船一起都擄去了！」邊城道：「有這等事！可惜你沒有小船！要是你能借我一隻小船，我一定找着那盜賊，幫你把妻女、僕婢和財物都找回來。」

主簿聽邊城這幾句話說得很豪邁，便上下打量了他一番。心想：這個人倒看不出來是個非常仗義的人！姑且去僱一隻小船給他吧，自己跟在他後面，看

他怎樣去追盜賊。於是主簿說道：「好漢！你肯相助，我感謝不盡！我現在就去催一隻小船給你。」

於是，主簿催了兩隻小船，邊城坐了一隻，另一隻主簿坐了，跟在邊城後面。邊城很會駕船，而且很熟悉海盜的行為。他駕了小船，向江水出海的港口前進，沿路尋訪盜賊的蹤跡。他探得盜賊在某港灣內，便直直向那裏駛去。等到望見大盜的船，他把小船泊在岸邊，自己沿着海灘步行到盜船前面，恰好聽見盜賊首領在船艙裏吩咐他的手下道：「今晚本大王要和縣主簿的千金成親，你們快快去宰羊烹豬，預備幾席豐盛的酒筵！」

邊城聽了，便大聲高呼道：「喂，

大爺們！大爺們！」

首領問道：「誰在外面叫喚？」

一個小賊道：「恐怕是個乞丐要討些殘羹冷飯吃。」

首領道：「那麼，拿些食物給他吃吧！」

小賊便拿食物下船給邊城，邊城說道：「我不是求乞的，我是特地來請求你們錄用的。」

小賊很詫異，便把這話回覆首領，首領立刻叫他帶邊城上船。首領見邊城看上去弱不禁風，便冷笑了幾聲，問他道：「你到這裏來求事做，可是你懂甚麼武藝呢？」邊城便對他說了些武藝，說得頭頭是道，首領就叫邊城在船頭上演示給他看看。

盜賊首領有件兵器，是一把五齒的銅鈀，重約有一百多斤，他自己用不來，但想要難為一下邊城，就叫兩個小賊抬出那隻銅鈀，笑着對邊城說：「這傢伙你能用嗎？」

邊城一把便取過鈀來，在首領面前揮舞，毫不費力。他趁着首領和眾小賊看得發呆的當口，驀地對準盜魁打了一鈀，把他打暈過去。緊接着又揮舞銅鈀，殺死了那幾個小賊，剩下的賊見勢不妙，全都落荒而逃。

他走進船艙，看到主簿的妻女正在相抱大哭，一僕一婢也在旁邊跟着哭，邊城就把事情原由告訴了她們，然後帶她們到了主簿的船裏。主簿一家人團聚，份外歡喜。

大家回到了江邊，主簿把身邊的一包財物遞給邊城說：「恩公，你救了我們一家人，你的大恩大德，我永報不盡，這一點薄禮，聊表寸心，請你收下吧！」邊城哪裏肯受，他很快地跳上了岸，絕塵而去。

　　從此，邊城豪爽俠義的名聲便四處流傳了。後來，邊城又被高人賞識，到邊疆為國效力，立下了不少功勞。

豫讓為知己者死

「士為知己者死」這句話，是二千多年前，戰國時代的一位義士豫讓說的，其中還有一段曲折的故事……

春秋末期，晉國的國君已經失去了實權。軍隊和土地分別掌管在六家勢力雄厚的大夫手中，他們分別是韓氏、魏氏、趙氏、智氏、范氏和中行氏。

豫讓是晉國人，當初曾在范氏、中行氏手下做事，范氏不大看重他。豫讓懷着一身本領，卻無用武之地，便很憤慨地說：「大丈夫怎能受輕視呢？」於是離開了范氏，投靠智氏去了。

豫讓到了智伯那邊，和智伯談論起國家大事，很有見地。智伯十分佩服他，就委託他做很重要的事情。豫讓本來鬱鬱不得志，到了智伯身邊竟然得到這般信任，所以十分感動，常常對人說：「智伯是我的知己呀！」

智伯自從任用了豫讓以後，勢力漸漸強大起來。後來把范氏和中行氏都滅掉了，因此韓、魏、趙三家，都有些怕他。

智伯過去與趙氏趙襄子不和。後來，他聯手韓康子和魏桓子，一同領兵去攻打趙襄子。面對智氏、韓氏和魏氏三家兵丁的重重圍困，趙襄子唯有死守在晉陽城內。幸而趙家的士兵齊心，加上城牆堅固，經過了幾個月，趙氏還沒

有被三家攻破。最後智伯想出一個法子，預備用灌水的方法來攻城。

趙襄子聽到這個消息，發起急來，就急派自己的軍師去游說韓康子和魏桓子，叫他們聯手反攻智伯。韓、魏兩家本來就擔憂智伯打敗趙襄子後，勢力愈發強大，再轉頭來對付自己，於是聽從了軍師的話，一起把準備灌城的水，拿來淹了智伯的軍隊。

韓、魏的反戈相向，太出人意料，智伯根本抵擋不住，打了一個大敗仗。失去了手下眾多的良將，士兵們潰不成軍！

豫讓在危急時刻，極力勸智伯道：「事已至此，我在前面拼死抵擋他們，你往山裏逃走，快到秦國去求救吧！」智

伯聽了豫讓的話，就準備逃到秦國去。可是趙襄子早料到智伯會逃去秦國，就領了一支兵，先到山後一條要道上等着。待智伯逃到那裏，恰好狹路相逢，冤家聚首，趙襄子哪裏會放過智伯！

豫讓聽到主人被捕，知道大勢已去，不可挽救，也就逃到山東去了。趙襄子殺掉智伯後，餘恨未消，還把他家中的人，無論男女老少，一齊處死。韓、魏、趙三家，就把智伯所有的土地，平均分成三份，然後據為己有。從此晉國有勢力的貴族，就只有韓、趙、魏三家了。

豫讓住在山東，聽見智伯被殺的消息，禁不住流下淚來，嘆一口氣道：「唉！士為知己者死！智伯是我的知己

呀！現在知己死了，族滅了，結局這樣可憐，我能不替他報仇嗎？」就改了姓名，喬裝打扮成一個囚徒，身邊帶着一把快刀，投到趙襄子家中去做苦工。

他了解到趙襄子每天早上的某個時辰，都要到廁所裏去的。一天，他清早起來，帶了那把快刀，潛伏在廁所裏。等了一會，趙襄子果然來了，可他還沒有踏進廁所，就發現有一個人躲在那裏，心中十分驚異。立刻退回去找僕人前來搜查。僕人搜查了一會，牽出了新來的僕人豫讓。趙襄子問道：「你叫甚麼名字？帶着刀埋伏在廁所裏，難道是想行刺我嗎？」豫讓壯着膽，大聲說道：「我是智伯的臣子豫讓！我的確是要刺死你，替智伯報仇！」

趙襄子的左右隨從聽了都驚惶失色，齊聲嚷道：「這還了得，快把他處死！」趙襄子見豫讓如此勇敢，心中反而有些佩服他，聽見大家說處死他，有些於心不忍，便對豫讓說：「豫讓！今日我放了你，你能消去以前的仇恨嗎？」豫讓答道：「你放我，是你的私恩；我報仇，是我的大義。」左右僕從都說：「放了他，一定有後患的，不如殺了他吧！」趙襄子道：「不行！我已經許諾了他，不可以失信，以後對他嚴加防備就是了。」

　　豫讓想道：「這回沒有被趙氏處死，以後還可以替智伯報仇，可算是幸運了。」他還是一心想着報仇的事，就索性離家出走。他又恐怕趙襄子認得他的

容顏，就削去了頭髮，剃去了眉毛，混身漆上了漆，使身上潰爛生瘡，然後裝成一個癩子，在街上求乞。一天到晚，沿街叫着「娘娘！太太！」。

　　豫讓好多天沒有回家，他的妻子很是奇怪，就到街上去尋他。經過了幾條街，都沒有找到。忽然對面來了一個乞丐，「娘娘！太太！」叫個不停。他的妻子聽着聲音，很像自己的丈夫，心裏想道：「莫非就是我的丈夫嗎？」走近一看，這個乞丐衣衫襤褸，形容枯槁，和丈夫的容貌完全不同，説道：「聲音倒很像的，認錯了吧！」就再走到別的街上去尋找。豫讓心中暗想：「我的容貌連妻子都不認識了，但是聲音沒有改變，還不妥當。」他就去吃了許多碳，

改變了聲音。心想這樣一來，再也沒有人認得他了。

有一天，豫讓的朋友在街上看見這個乞丐的舉動有些奇怪，疑心是他，於是跟在他的背後，輕輕喚了一聲，果然是豫讓。就邀他到家裏，對他說道：「你的志願十分堅定了，但是你的法子未免太笨呀！倘使你去投降趙襄子，表面上很熱心的幫他做事情，暗中等待機會行事，把他刺死，似乎更為容易，何苦這樣摧殘自己的身體呢？」豫讓道：「我已經做過趙氏的家僕，再用同樣的方法去行刺他，肯定不能成功了。所以我才要漆身吞碳，替智伯報仇。」說罷，仍舊去做乞丐。這樣一天一天的過去，他一心要等趙襄子出來。

　　為了替知己復仇，竟然這樣摧殘自己的身體，
你認為值得嗎？

一天，趙襄子和他的軍師帶了幾個僕人，駕着車，要到山裏去打獵。豫讓探聽到這個消息，料想他們一定要經過城門口那座橋，便決定在這個地方行事。主意打定，他帶了一把快刀，假裝成一個死人，躺在橋的旁邊。趙襄子的車子到了橋邊，那匹馬忽然叫起來，不肯前進。

軍師說道：「我聽人家說：『好馬不肯陷害主人的。』現在這隻馬不敢前進，一定有奸人埋伏，須得搜查一下。」就叫手下人去巡查一番。手下回來報告：「橋下有個死人僵臥着。」趙襄子眉頭一皺道：「這一定是豫讓吧！」拖出來一看，容貌雖然變了，卻還是認得出的是豫讓，就憤怒地罵他：「我上次好意放

了你，你好大膽，現在又來刺殺我嗎？來！就在此地，送你的命！」

豫讓聽了，大哭起來。趙襄子道：「你怕死嗎？早知今日，何必當初？」豫讓頓着足道：「我實在不怕死！但是此刻死了，以後再沒有人替智伯報仇了！」趙襄子道：「范氏、中行氏都被智伯滅了，你不替他們報仇，反而去幫助智伯。現在智伯死了，為甚麼你卻處心積慮替他報仇呢？」豫讓回答道：「范氏、中行氏像平常人一樣待我，我自然也像平常人一樣去報答他；智伯待我如上賓，我當然要以上賓的禮遇去報答他。這就是士為知己者死，女為悅己者容！」

趙襄子道：「我這次不能再放過你了！」說着，從身上解下寶劍遞給他

說：「你自殺吧！」豫讓道：「請你脫一件衣裳給我！讓我刺幾下，表明報仇的心意，我便死得心甘情願了！」趙襄子哀憐他的忠貞，便脫下自己的錦袍來，叫手下人遞給他。豫讓手提寶劍，對着錦袍，怒目而視，斬了三劍，把一件華麗的錦袍，頓時斬成幾塊，然後長嘆一聲道：「這下我可以去見智伯了！」說完，就揮劍刺向自己的脖子，頓時鮮血如注，豫讓就這樣死了。

喬裝打扮：喬裝：改變服裝、面貌；打扮：指化裝。指進行偽裝，隱藏身份。

形容枯槁：形容：形態容貌；枯槁：枯乾。指身體瘦弱，精神不振，面色枯黃。

荊軻怒刺秦王

　　距今二千多年前的戰國時期，中國分做七個國家，分別是齊、楚、燕、韓、趙、魏、秦。其中秦國國力最強。後來秦國採用「遠交近攻」的策略，把其餘的六國，先後吞併了。甚麼叫做「遠交近攻」呢？原來這是秦國外交上的一種手段。作為實力最雄厚的國家，秦國最怕的是六國聯合，一致對秦。所以竭力離間他們，一方面先對遠方的各國，表示親善；另一方面又出兵攻打附近各國。等到附近各國都降服了，再收拾遠方的國家。這就是有名的「遠交近攻」政策。

六國中的燕國，位於現在河北省的東北部，距秦國很遠。秦國要實行遠交計劃，當然要跟燕國示好。燕王並不了解秦國的動機，草草地跟秦國締結條約，暫時保住了眼前的平安。條件卻是把太子丹送到秦國去做人質，表示服從秦國的意思。

太子丹雖然怨恨秦國的專橫，但為了自己的國家，只好忍氣吞聲。他在秦國當人質期間，受到秦王的種種侮辱。一天，太子丹趁秦國沒有防備，悄悄地逃出秦國，穿山渡河，逃回了自己的祖國——燕國。一回去，他就找燕國的軍師鞠武先生商量報復秦國的方法。鞠武勸他不要性急，慢慢地想辦法。可太子丹哪裏等得及？

那時秦國有位將軍，叫做樊於期，因為得罪秦王，秦王要殺他，他便逃到燕國避難。鞠武勸太子丹不要收留他，省得惹是招非，激怒秦王。但太子丹於心不忍，仍然把他留在燕國。

太子丹報仇之心，非常急切，屢次和鞠武商量。鞠武道：「我有一個朋友，名叫田光，他足智多謀，可以擔任大事的。」太子丹聽了，就請鞠武介紹自己跟田光見面。雖然費了些周折，但最終太子丹還是見到了田光。

太子丹非常殷勤地招待了田光，兩個人談到投機的時候，太子丹懇切地說：「燕秦不兩立，請先生指導我一個報仇的方法！」田光說：「這件事事關重大，我年紀已老，擔當不起這個重任。

但是國家大事，我不忍袖手旁觀。我認識一位壯士，他叫荊軻，如果他肯替你出力，這件事或者可以達到目的。」

太子丹便囑咐田光，務必要把荊軻請到這裏。田光匆匆去見荊軻，把太子丹報仇的想法，一一告訴了荊軻。一開始荊軻極力推辭，田光鄭重地說道：「你也是一個慷慨仗義的大丈夫，豈有見了國家危難，不肯救援之理？我若不是上了年紀，不要說一個秦王，就是十個秦王，也要去和他拼一拼。哼！怎麼你倒這般推辭！」

荊軻見田光發怒，連忙道歉道：「既然老先生大力推薦，太子丹又有如此厚意，倘有可以效力的地方，我必將赴湯蹈火，萬死不辭。」

田光道：「你終於答應了，我非常感激。不過剛才太子丹囑託我的時候，曾說這是國家大事，讓我嚴守秘密。我曾聽人說，大丈夫作事，光明正大，不會令人起疑心。太子丹說出這話，也許是怕我洩密。請你趕快去見太子丹，並且跟他說，田光已死，不必顧慮了。」說罷，立即拔劍自刎而死。他這樣做，是想藉此激勵荊軻，並杜絕太子丹的疑慮。

荊軻見田光已死，痛哭流淚道：「唉呀！這又是何苦！事已至此，我已經沒有退路，且去見了太子丹再說。」荊軻匆匆趕來見太子丹，說明來意，並告訴他田光已經自殺的消息。

太子丹聽了，十分痛心。長嘆一聲：

「唉！田光這是為國家而死的啊！我們不定好復仇大計，怎麼對得起他呢！」於是兩個人坐定了，太子丹很鄭重地說：「田光把閣下介紹給我，這是天不亡燕了！現在秦國逐漸把六國併吞，勢不可當，恐怕全燕的兵，也不足和他一戰。倒不如暗殺秦王來得容易。秦王一死，秦國內部必起紛爭，我們便可坐收漁人之利。所以第一件要緊的事，就是找到一位勇士，實行這件事。目前除了閣下，沒有第二人可以擔此重任。請你千萬不要推辭啊！」

荊軻沉吟半天，還是覺得事關重大，要從長計議，於是暫時在太子丹的府上安頓下來。太子丹對荊軻十分尊重，三日一小宴，五日一大宴，荊軻想

要的東西，不等他開口，早已預備好送上前來。

日子一天天過去，秦兵已經逼近燕境，可荊軻還是沒有定下行期。太子丹非常着急，無意中探聽他的口氣，究竟怎樣。荊軻明白太子丹的意思，便說：「單身入秦行刺，不是輕易的事。必得借一樣東西去見秦王，乘機行事。我想⋯⋯樊將軍是秦王的冤家，倘若把樊將軍的頭顱與燕國的地圖一併獻與秦王，秦王一定喜歡，或者能夠見到面。」

太子丹聽了，躊躇不決，不忍心把樊於期的首級獻給秦王。荊軻明白其中的緣故，便獨自去見樊將軍。到了那裏，他先開口問道：「老將軍獨自在此長嗟短嘆，有甚麼傷心的事嗎？」樊於

期垂着頭說道：「唉！你前來有甚麼目的呢？」荊軻說道：「我曾經聽人說，秦王把你一家老小殺死，果真有這件事嗎？」樊於期流淚說道：「我正是為了此事，時刻不忘，想要一個報仇的辦法。」荊軻道：「將軍果真要報仇嗎？我有一個妙策，不曉得將軍意下如何？」

樊於期聽了，非常歡喜，說：「甚麼法子，請你講給我聽。」荊軻湊上樊於期的耳朵，低聲說：「你可知道，現在秦王願出千金重賞，要你的頭顱嗎？我想……就借了將軍的頭，去見秦王，秦王一定很願意接見我，我趁這個機會，左手抓住他的衣袖，右手刺他的胸膛，那時將軍的深仇，就可以報了，燕國的恥辱，也可以洗刷了。你看……這

個法子怎樣？」樊於期撫掌說：「妙！妙！不料今天遇見先生，想出這個好辦法來。荊軻先生！我們就此永別了！」

說完樊於期立起身來，拔劍自刎。荊軻痛哭一番，就把他的頭顱收拾好，去見太子丹。接下來把刺殺秦王的準備工作，一一辦理完畢，又找來一個叫秦舞陽的年輕人，很有膽量，讓他作為隨從跟着荊軻到秦國去執行任務。

臨去的那一天，太子丹和臣子，都穿了白色衣服相送。走了一程又一程，不知不覺到了易水這地方。太子丹便在路旁的亭子裏面，設宴餞行，許多臣子陪坐。太子丹立起身來說：「荊先生此番為國遠行，關係重大。敬酒一杯，請先生前途珍重。」羣臣也都依次敬酒。

這時，在座有位荊軻的好朋友高漸離說道：「我來擊筑（中國古代樂器，似琴，有十三絃）助興，好不好？」大家齊說：「好！」

高漸離就擊起筑來，大家齊唱道：「風蕭蕭兮易水寒！壯士一去兮不復還！」

宴畢，時候已不早，荊軻向大家拜別完，頭也不回地向西出發了。數天後，荊軻帶着秦舞陽到了秦國，找到了秦國一個叫蒙嘉的大臣，求他引見秦王。蒙嘉即刻去見秦王，把荊軻的意思向秦王傳達了。秦王一聽說燕國的來使，竟帶來了樊於期的頭顱和燕國的地圖，正是他日思夜想、求之不得之物，立刻就傳令把荊軻好好地帶進來。

進殿以後，想不到膽大的秦舞陽卻被殿裏的威儀嚇得呆住了，臉上露出驚惶的樣子。許多秦臣見了他的樣子，也覺奇怪。荊軻回頭看看秦舞陽，向秦王啟奏道：「村野的孩子，沒有見過天子，他看見大國這般威嚴，所以怕起來了，請大王寬恕他！」秦王說：「原來如此，這也怪不得他。你把他手裏捧的東西拿上來吧。」於是荊軻捧了裝着樊於期頭顱的木匣和燕國地圖獻上去。秦王指着木匣哈哈大笑道：「你居然被我找到了！」又對着地圖說：「這燕國是塊好地方啊，今天在我手裏了。」

秦王仔細地看着地圖，一頁一頁地揭過去，到了最末一頁的時候，忽然一把雪亮的匕首出現在頁面上，秦王被嚇

呆了。説時遲，那時快，荊軻左手牽住秦王的袖子，右手拿匕首刺過去，秦王一躲，沒有刺中身體，袖子卻截斷了。秦王急忙逃走，荊軻緊追不捨，殿下的羣臣，大驚失色，卻沒法去幫秦王。因為依照秦國的規矩，臣子沒有得到命令，不可以靠近秦王。

正在危險萬分的時候，秦王想起自己腰間有寶劍。但是心慌手忙，一時拔不出來。荊軻又在後面趕到了，秦王就繞着柱子走，荊軻性急起來，舉起匕首，用力向秦王擲去，沒有擊中秦王，卻刺入柱上。秦王趁這個機會，舉起劍來，用力向荊軻砍去，連砍幾刀。重傷的荊軻指着秦王咬牙切齒地説：「唉！罷了！我沒有早對你下手，是為了要想抓

住你，寫封親筆信來退還侵奪各國的土地。想不到竟反死在你手裏，唉！這也是你的運氣。」

秦王過了好一陣子，才回過神來，連聲說道：「好險啊，好險啊！」

字詞測試站參考答案

字詞測試站 1

1. 笑面虎　2. 寄生蟲　3. 落湯雞
4. 老黃牛　5. 哈巴狗　6. 喪家犬

字詞測試站 2

1. 狼藉　2. 蜂擁　3. 猴急
4. 鯨吞　5. 牛飲　6. 虎噬